MME CONTRAIRE
fait tout de travers

MME CONTRAIRE
fait tout de travers

Roger Hargreaves

hachette
JEUNESSE

Madame Contraire habitait en Inversonie.

En Inversonie, les poules vivaient dans des étables.

Et les vaches vivaient dans des poulaillers.

Ce qui n'était pas très pratique.

En Inversonie, madame Contraire se sentait bien.

Quand elle allait chez le boucher et qu'elle lui demandait des pommes, il lui donnait du pain.

Et finalement, c'était exactement ce qu'elle voulait depuis le départ.

Il y a quelques jours, madame Contraire prenait son petit déjeuner à l'heure du déjeuner quand le téléphone sonna.

Madame Contraire alla ouvrir la porte mais bien sûr, il n'avait personne.

Le téléphone sonna à nouveau et elle décrocha en tenant le téléphone à l'envers.

– Au revoir ! cria-t-elle.

Tout le monde en Inversonie était obligé de crier comme ça au téléphone.

C'était monsieur Méli-Mélo.

Tu penses que monsieur Méli-Mélo habitait en Inversonie, n'est-ce pas ?

Eh bien non, pas du tout.

Il avait voulu mais il s'était embrouillé les pinceaux et avait acheté une maison au bord de la mer.

Cependant, chaque année, il se rendait en Inversonie pour ses vacances et séjournait chez madame Contraire.

– Je détesterais venir chez vous. J'arrive la semaine prochaine.

– Bonjour, termina madame Contraire en raccrochant.

Madame Contraire regarda autour d'elle.

« Cette maison a besoin d'un bon nettoyage d'automne », pensa-t-elle.

Elle voulait dire que sa maison avait besoin d'un bon nettoyage de printemps.

Elle cira les tapis et aspira les lits.

Puis elle lessiva la télévision et mit les plantes dans la machine à laver.

Alors qu'elle lavait, briquait et époussetait sa maison, madame Contraire aperçut soudain un chat !

Bizarrement, madame Contraire avait très très peur des chats.

Elle ne s'appelait pas madame Contraire pour rien, n'est-ce pas ?

Elle sauta donc aussitôt sur un tabouret.

Pauvre madame Contraire !

Elle était bien trop effrayée pour descendre de son tabouret.

Alors, elle y resta toute la journée.

Et toute la nuit.

Le lendemain, on frappa à la porte.

– Partez ! répondit madame Contraire en voulant dire « Entrez ! ».

Heureusement, c'était monsieur Méli-Mélo et il entra.

– Oh ! Ne m'aidez pas ! cria madame Contraire.
Il y a un chat dans ma maison.

Monsieur Méli-Mélo comprit tout de suite.

– Je ne sais pas quoi faire ! dit-il et partit.

Il voulait évidemment dire qu'il savait exactement quoi faire.

Rapidement, il revint avec une souris.

Et la souris chassa le chat de la maison !

Soulagée, madame Contraire prépara une soucoupe de thé et s'installa avec monsieur Méli-Mélo pour discuter.

La discussion fut bien trop embrouillée pour être racontée ici et de toute façon, il se fait tard. Il est bientôt l'heure d'éteindre la lumière et de s'endormir.

C’est à peu près ce que madame Contraire aurait raconté si elle avait écrit cette histoire…

À peu près, car tu vois, madame Contraire fait tout à l’envers.

Elle éteint les lumières quand il fait sombre…

… et les rallume quand elle va se coucher.

Alors… bonjour, et fais de beaux rêves !

RÉUNIS VITE LA COLLECTION ENTIÈRE

1 MME AUTORITAIRE
2 MME TÊTE-EN-L'AIR
3 MME RANGE-TOUT
4 MME CATASTROPHE
5 MME ACROBATE
6 MME MAGIE
7 MME PROPRETTE
8 MME INDÉCISE

9 MME PETITE
10 MME TOUT-VA-BIEN
11 MME TINTAMARRE
12 MME TIMIDE
13 MME BOUTE-EN-TRAIN
14 MME CANAILLE
15 MME BEAUTÉ
16 MME SAGE

17 MME DOUBLE
18 MME JE-SAIS-TOUT
19 MME CHANCE
20 MME PRUDENTE
21 MME BOULOT
22 MME GÉNIALE
23 MME OUI
24 MME POURQUOI

25 MME COQUETTE
26 MME CONTRAIRE
27 MME TÊTUE
28 MME EN RETARD
29 MME BAVARDE
30 MME FOLLETTE
31 MME BONHEUR
32 MME VEDETTE

33 MME VITE-FAIT
34 MME CASSE-PIEDS
35 MME DODUE
36 MME RISETTE
37 MME CHIPIE
38 MME FARCEUSE
39 MME MALCHANCE
40 MME TERREUR
41 MME PRINCESSE

DES **MONSIEUR MADAME**

1. . CHATOUILLE
2. M. RAPIDE
3. M. FARCEUR
4. M. GLOUTON
5. M. RIGOLO
6. M. COSTAUD
7. M. GROGNON
8. M. CURIEUX
9. M. NIGAUD
10. M. RÊVE

11. 1. BAGARREUR
12. M. INQUIET
13. M. NON
14. M. HEUREUX
15. M. INCROYABLE
16. M. À L'ENVERS
17. M. PARFAIT
18. M. MÉLI-MÉLO
19. M. BRUIT
20. M. SILENCE

21. M. AVARE
22. M. SALE
23. M. PRESSÉ
24. M. TATILLON
25. M. MAIGRE
26. M. MALIN
27. M. MALPOLI
28. M. ENDORMI
29. M. GRINCHEUX
30. M. PEUREUX

31. 1. ÉTONNANT
32. M. FARFELU
33. M. MALCHANCE
34. M. LENT
35. M. NEIGE
36. M. BIZARRE
37. M. MALADROIT
38. M. JOYEUX
39. M. ÉTOURDI
40. M. PETIT

41. M. BING
42. M. BAVARD
43. M. GRAND
44. M. COURAGEUX
45. M. ATCHOUM
46. M. GENTIL
47. M. MAL ÉLEVÉ
48. M. GÉNIAL
49. M. PERSONNE

Édité par Hachette Livre – 43, quai de Grenelle, 75905 Paris Cedex 15
ISBN : 978-2-01-2200-975
Dépôt légal : juin 2013
Loi n°49-956 du 16 juillet 1949 sur les publications destinées la jeunesse.
Imprimé par IME (Baume-les-Dames), en France.